Analyse de l'œuvre

Par Pierre Baril

Skidamarink

Guillaume Musso

lePetitLittéraire.fr

Analyse de l'œuvre

Par Pierre Baril

Skidamarink

Guillaume Musso

lePetitLittéraire.fr

Rendez-vous sur lepetitlitteraire.fr et découvrez :

Plus de 1200 analyses
Claires et synthétiques
Téléchargeables en 30 secondes
À imprimer chez soi

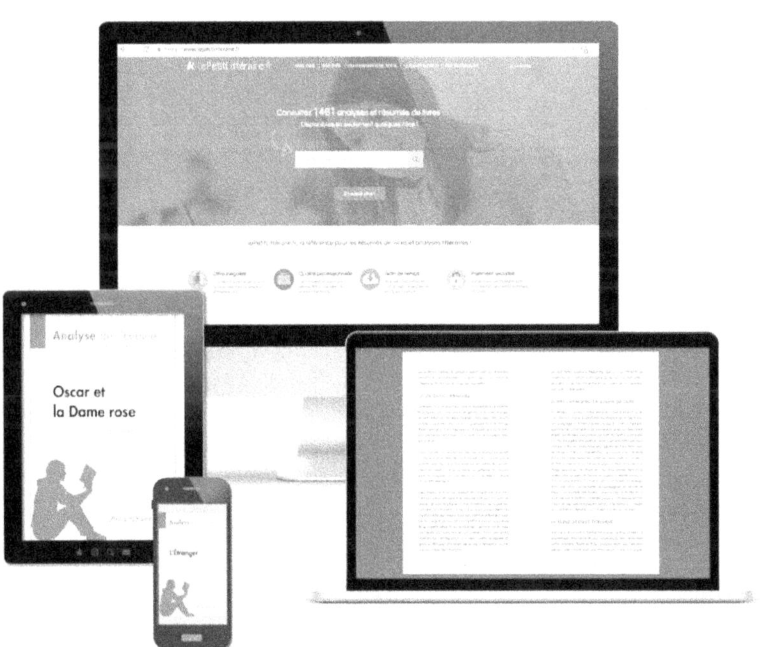

SKIDAMARINK

UN JEU DE PISTE SUR FOND POLITIQUE

- **Genre :** Roman
- **Édition de référence :** *Skidamarink*, Paris, Calman-Lévy, 2020, 448 p.
- **1ʳᵉ édition :** 2001
- **Thématiques :** démocratie, libéralisme économique, science, individualisme, tueur en série, enquête, amour.

Septembre 2004. *La Joconde* a été volée au Louvre. Quelques jours plus tard, quatre personnes qui ne se connaissent pas reçoivent un fragment du célèbre tableau, une citation et une invitation à un mystérieux rendez-vous dans une église de Toscane. Emportées malgré elles au cœur d'une affaire qui les dépasse, elles vont néanmoins mener leur petite enquête. Leurs investigations vont les conduire de Toscane à New York en passant par Dublin et l'Islande.

Premier roman de Guillaume Musso, publié en 2001, *Skidamarink*, malgré un accueil encourageant des libraires et des critiques, n'avait été tiré qu'à 3000 exemplaires et n'avait jamais été réédité avant 2020. C'est maintenant chose faite. On a beaucoup parlé des ressemblances entre *Skidamarink* et le *Da Vinci Code*, mais comme le rappelle Musso lui-même, dans la préface de la nouvelle édition, son roman a été écrit quatre ans avant la sortie de celui de Dan Brown. Il s'en écarte d'ailleurs quelque peu dans la mesure où Skidamarink est « davantage centré sur l'intimité, les secrets et les fêlures des personnages que sur un complot planétaire ».

GUILLAUME MUSSO

- **Né en 1974 à Antibes**
- **Quelques-unes de ses œuvres :**
  - *Et après…* (2003), roman
  - *Sauve-moi* (2006), roman
  - *Seras-tu là (2006)*, roman

Féru de lecture depuis son plus jeune âge, Guillaume Musso lit tous les livres qui lui tombent sous la main à la bibliothèque municipale où travaille sa mère. Sa passion pour les États-Unis, et pour New York en particulier où, à l'âge de 19 ans, il vend des glaces pendant quelques mois, se retrouve de façon récurrente dans ses livres. Après un CAPES de sciences économiques et sociales, il enseigne quelque temps dans le sud de la France, consacrant ses nuits à écrire et boire du café. Il ne connait pas le succès tout de suite. Son premier roman, *Skidamarink*, passe relativement inaperçu. En revanche, le deuxième, *Et après…*, que l'auteur a écrit après avoir été victime d'un accident de la route, lui assure une notoriété incontestable qui ne s'est pas démentie à ce jour. Guillaume Musso compte aujourd'hui des millions de lecteurs à travers le monde et ses livres sont traduits dans une quarantaine de langues. Ses histoires ont par ailleurs donné lieu à plusieurs adaptations cinématographiques. Il reste, de loin, l'écrivain le plus lu en France.

RÉSUMÉ

Nous sommes en septembre 2004. L'actualité est marquée par deux évènements dont la portée est mondiale : le vol de *La Joconde* au Musée du Louvre et l'enlèvement du milliardaire américain William Steiner, patron de MicroGlobal et roi de l'informatique.

Quatre personnages, que tout sépare en apparence, reçoivent chacun un colis. À l'intérieur, un fragment de *La Joconde* et un carton d'invitation sur lequel figure une citation personnalisée et numérotée. Tous sont donc invités à se rendre en un même lieu : une église située en Toscane.

Toscane

Le jour dit, Théo McCoyle, ancien avocat, Magnus Gemereck, chercheur en biologie du Massachussetts Institute of Technology, Barbara Weber, directrice des ventes d'une grande entreprise de Seattle et Vittorio Carosa, le prêtre des lieux, se retrouvent donc et essaient de comprendre ce qu'ils font là.

Une première question se pose : pourquoi *La Joconde* a-t-elle été volée puisqu'il ne s'agissait visiblement pas d'en tirer profit ? Magnus apporte un début de réponse : *Mona Lisa* symbolise la civilisation occidentale dans son ensemble. S'en prendre à elle, c'est donc s'en prendre à l'Occident et à ses valeurs.

Mais une autre question taraude les personnages. « Pourquoi nous ? » Là-dessus aussi, Magnus a sa petite idée : chacune des quatre citations reçues renverrait à une des valeurs – ou « piliers », pour reprendre le terme du professeur – évoquées plus haut. À savoir, le libéralisme économique, l'individualisme, la science et la démocratie. Or, selon lui, si c'est à eux que les citations ont été adressées, c'est parce que chacun représente une de ces valeurs : Magnus, la science ; Théo, la démocratie ; Barbara, le libéralisme ; et Vittorio, l'individualisme.

Après maintes réflexions, nos quatre protagonistes arrivent aux conclusions suivantes :

1) Une organisation, qu'ils baptisent désormais Mona Lisa, a organisé le vol du tableau et l'enlèvement de Steiner ;

2) Ce dernier a été enlevé afin de dénoncer les dérives de l'ultralibéralisme ;

3) Mona Lisa les met au défi, comme dans un jeu, de trouver le lieu où est enfermé Steiner ;

4) Mona Lisa ne leur est pas hostile.

Trois hommes font alors irruption dans l'église, dont le cruel Maumy, ancien professeur de Harvard devenu tueur en série réputé. Sans l'arrivée opportune d'un chasseur venu apporter des perdrix au prêtre, les quatre héros de cette histoire passaient de vie à trépas.

Nouveau flash d'information : Steiner a été retrouvé mort. Barbara reçoit alors un mail dans lequel l'expéditeur se dit déçu par leur manque de perspicacité. À ce mail s'ajoute un compte à rebours de 99h59m42s. C'est le temps qu'il leur reste pour découvrir l'effondrement du deuxième pilier. On remet donc entre leurs mains le pouvoir d'empêcher un nouveau crime. Pour résoudre cette énigme, il faut l'entière collaboration de tous les protagonistes. Reste donc à convaincre Barbara et Théo, au départ plutôt rétifs. Elle fait du chantage : sa collaboration contre les quatre fragments de *La Joconde*. Quant à Théo, il demande simplement la moitié de l'argent que Barbara tirerait de sa vente du tableau, une fois en sa possession.

Dublin

Le quatuor, après avoir frôlé la mort dans l'église, décide de gagner un lieu où le tueur Maumy ne viendra pas les chercher. Ils optent pour Dublin, dans la maison de campagne de Magnus. Là, sur un tableau noir, ils trouvent une inscription énigmatique qu'ils vont tenter de décrypter. Suivant l'ordre des citations, ils partent du principe que l'individualisme sera le prochain pilier visé.

Et ainsi, de déduction en déduction, ils parviennent à lever presque toutes les difficultés de l'inscription jusqu'au nom même de Skidamarink. Il ne s'agit pas seulement d'une comptine, c'est aussi une peluche qui a appartenu à Celia, la fille de Magnus. Vittorio et Théo ne tardent pas à la retrouver au grenier. À l'intérieur, ils trouvent ce mot : *Le poison est dans l'eau.*

Ils doivent cependant interrompre leurs cogitations : Barbara, qui rentre de son jogging, est escortée par les sbires qui avaient fait irruption, aux côtés de Maumy, dans l'église de Toscane. Les deux hommes veulent savoir où se trouve le tableau. Magnus réussit à leur faire dire qu'ils travaillent pour Steiner. S'ils entendent récupérer leur bien, c'est parce que ce sont eux qui ont volé *La Joconde*. Quand ils s'aperçoivent que le tableau a été découpé en quatre morceaux, ils deviennent fous de rage. Cela signifie donc que Steiner n'était pas l'expéditeur des quatre fragments, comme on le verra plus tard.

Les quatre héros, cependant, en réchappent encore, cette fois grâce au sang-froid de Barbara qui abat les deux malfaiteurs.

L'élucidation de l'énigme permet d'établir un lien avec Real Island, une ville privée « construite et entretenue par MicroGlobal » (p. 246), sorte de paradis pour personnes ultras riches qui aspirent à la tranquillité et à la sécurité. Les quatre amis sont désormais persuadés que Mona Lisa a empoisonné les réserves d'eau potable de cette communauté. Ils s'empressent d'alerter les médias.

Ils enterrent ensuite les corps et précipitent la voiture des malfrats du haut d'une falaise.

New York

Les voilà en Amérique, dans l'appartement new-yorkais d'un oncle de Barbara. Ce changement de décor s'explique par une intuition de Magnus. En effet, ce dernier a pressenti que Mona Lisa frapperait son prochain coup dans le domaine des biotechnologies.

Théo et Barbara passent du temps ensemble et sont sur le point de s'embrasser quand Magnus les appelle pour leur faire part de sa décision de visiter le laboratoire de Cell Research Therapeutics afin d'« anticiper les agissements de Mona Lisa » (p. 271).

Bien que Théo se soit juré de ne plus risquer sa vie inutilement, il se rend au Cell Research Therapeutics avec le scientifique. Après bien des difficultés, Théo et Magnus pénètrent dans le laboratoire et cherchent des indices de sabotage. Ils finissent par en trouver. Des embryons, censés avoir été manipulés pour les débarrasser d'anomalies gênantes, ont été pourvus des gènes de l'un des plus grands tueurs en série américains, Maumy.

Magnus alerte immédiatement les médias pour mettre en garde l'opinion publique contre les dérives de la génétique.

Mais, repérés par le service d'ordre, Magnus et Théo doivent s'enfuir, secourus de justesse par Barbara et Vittorio.

Le surlendemain, alors qu'ils profitent de la piscine de l'immeuble, ils ont de nouveau la visite de Maumy qu'ils parviennent néanmoins à ligoter et à sédater. Après quelques hésitations – faut-il ou non le supprimer ? –, ils décident de le confier aux soins d'une congrégation suisse aux allures de secte dont Vittorio connait le fondateur. Il aurait été en effet risqué de remettre à la police un homme qui en savait autant sur cette affaire. Car enfin, ne les aurait-il pas dénoncés ?

Même s'il ne saurait « dire précisément quand et pourquoi l'évidence s'est imposée » (p. 325), Théo a compris quel fil conducteur les lie tous les quatre : Mélanie Anderson, la vice-présidente des États-Unis. Il se souvient de « l'intensité » de leurs regards lors de son passage à la télévision, quelques jours plus tôt. Le fait est que tous la connaissent : Théo a eu une histoire d'amour (platonique) avec elle, Magnus, une fille. Vittorio a été son confesseur pendant deux ans. Barbara, quant à elle, a eu une liaison avec Mélanie. Théo apprend donc que son ex-petite amie est homosexuelle, sa relation avec Magnus n'étant en fait qu'un accident de parcours.

Comment Mel en est-elle arrivée à fomenter le projet qu'ils ont baptisé Mona Lisa ? À n'en pas douter, elle voulait changer le monde. Le système était pourri à ses yeux et elle voulait envoyer un signal fort, ou plutôt quatre signaux correspondant aux quatre piliers – et à leurs dérives – de la civilisation occidentale : libéralisme, individualisme, science et démocratie. Si elle entraine dans sa folie nos quatre héros, c'est parce qu'elle s'est peut-être sentie trahie par eux. Magnus n'a-t-il pas trompé Mel en travaillant pour le compte de Steiner qu'elle déteste ? Barbara s'est vu offrir par le milliardaire une somme énorme en échange de laquelle elle devait lui fournir des clichés compromettants de sa relation avec la vice-présidente. Quant à Vittorio, le patron de MicroGlobal lui a offert de l'argent pour enregistrer ses conversations avec Mel.

Dans un nouveau flash d'information, ils apprennent que la vice-présidente des États-Unis a disparu.

Islande

Théo croit que Mel s'est évaporée dans la nature pour aller mettre fin à ses jours loin des projecteurs. Suite à une intuition, il se rend donc en Islande où il retrouve son ex-petite amie. Il apprend alors le fin mot de l'histoire : Mélanie Anderson avait demandé à Steiner de voler la *Joconde*, en échange de quoi elle avait promis, si elle était élue présidente, de donner son « accord sur la législation du clonage » (p. 379). En venant lui remettre le tableau en mains propres, le milliardaire était tombé dans un guet-apens qu'elle avait elle-même organisé. Quant à sa disparition à elle, Mélanie confie à Théo qu'elle a mis en scène son propre enlèvement et qu'elle a caressé l'idée du suicide. Cette dernière action coup de poing aurait-elle alerté les Américains sur « la misère morale et politique des gouvernants » ? Après avoir échangé avec elle des confidences sans grand rapport avec la politique, Théo l'encourage à revenir dans la course à la présidence. Mélanie se laisse convaincre et bien lui en prend, puisqu'elle remporte l'élection présidentielle.

ÉTUDE DES PERSONNAGES

THÉO MCCOYLE

Né en France en 1966, d'un père américain et d'une mère française, il a grandi dans un quartier pauvre de Boston. Sa famille n'avait parfois, pour se nourrir, que « les bons alimentaires fournis par l'aide sociale » (p. 265). Il réussit néanmoins brillamment ses études de droit. Lorsqu'il devient avocat, il n'oublie pas ses origines sociales et défend souvent les opprimés contre les puissants. Mais il ne gagne pas à tous les coups. Il a perdu son procès, par exemple, lorsqu'il a voulu mettre en cause le maire de Springfield dans une affaire de corruption. Cette défaite, à première vue, a mis un terme à son activité d'avocat en 2001. Il semblerait toutefois que d'autres éléments soient entrés en ligne de compte. En particulier sa relation amoureuse avec Mélanie Anderson, qui n'était pas encore vice-présidente des États-Unis, mais sénatrice dans un État du Nord. Lorsqu'elle lui a fait part de ses ambitions politiques, Théo a décidé de mettre fin à leur idylle. Mais il a eu du mal à s'en remettre. Son travail à lui, dès lors, a perdu à ses yeux l'importance qu'il revêtait auparavant. Cette déception amoureuse explique peut-être l'attitude désabusée qu'il affiche à plusieurs reprises au cours de l'histoire : « J'étais dans une période de ma vie où rien ne pouvait plus me surprendre » (p. 26). Et plus loin, il a même des accents stoïciens quand il dit vouloir renoncer à « la vanité du monde » (p. 267).

Bien sûr, l'irruption dans sa vie d'un fragment de *La Joconde* va quelque peu changer son regard sur le monde. Surtout qu'il va, à cette occasion, faire la rencontre de Barbara Weber qui finira par lui faire oublier sa mésaventure avec Mélanie. Même si, au début, les rapports sont houleux avec cette femme d'affaires qui semble dénuée de scrupules. Il la malmène d'ailleurs un peu, car lui se pique de culture – il a même écrit un recueil de poésie quand il était étudiant – et supporte mal les approximations de Barbara qui confond Moyen Âge et Renaissance. La jeune femme, de son côté, n'hésite pas à le confronter à ses propres contradictions : malgré sa fibre sociale, il facture aussi ses « services 400 dollars de l'heure » (p. 266). Quant à la relation que Théo entretient avec Magnus, elle est parfois orageuse également, car il soupçonne le vieux scientifique d'en savoir plus qu'il ne veut bien l'admettre.

MAGNUS GEMERECK

Magnus est né en 1939 à Saint-Pétersbourg, il a donc 65 ans quand commence cette histoire. Professeur au Massachussetts Institute of Technology, il a jadis été espion pour le compte des Américains, puis des Russes afin de pouvoir passer à l'Ouest au temps de la guerre froide, puis pour la CIA à nouveau. Il est grand, porte une barbe et ressemble à Sean Connery. C'est un bon vivant. Il aime les bonnes choses. En matière d'alcool, de fromages ou de cigares, c'est ce qu'on appelle un connaisseur. Il suffit, pour s'en convaincre, de l'entendre parler quand il invite ses comparses à le suivre dans la cave de sa maison irlandaise : retour sur l'origine des vins de Bordeaux, considérations scientifiques sur la conservation des grands crus, précautions à prendre quand on débouche une bouteille, tout y passe. D'ailleurs, en règle générale, c'est souvent lui qui prend la parole et les autres l'écoutent, quand bien même ce serait à contre-cœur. Barbara, par exemple, se montre hostile au début et se moque de ses raisonnements qu'elle n'hésite pas à qualifier de stupides. Mais comme les autres, elle finit par accepter cet ascendant qu'il exerce sur eux.

Il ne craint guère de prendre position quand la situation l'exige. Il plaide par exemple pour que les manipulations génétiques soient encadrées de façon très stricte. Il n'hésite pas à tenir tête aux acolytes de Maumy quand ils font irruption chez lui, en Irlande, pour réclamer le tableau de la Joconde. Il n'a pas peur non plus de s'introduire dans le laboratoire de Cell Research Therapeutics, malgré tous les risques que comporte cette expédition. D'ailleurs, en regagnant sa voiture sous un feu nourri, il est touché à la jambe, et Théo et lui n'en réchappent que de justesse.

Célibataire, il a une fille, Celia, conseillère juridique en Floride. Mais pourquoi diable a-t-il vidé ses étagères de toutes ses photos de famille ? Sous son apparente bonhommie, Magnus a des choses à cacher. Sa fille, il est vrai, est le fruit de son union avec Mélanie Anderson, la vice-présidente des États-Unis, du temps où celle-ci était venue faire ses études à Moscou lorsqu'il était un jeune professeur de biologie.

Une fois Mélanie devenue présidente, elle le nomme secrétaire d'État à la Santé.

BARBARA WEBER

On ne connait pas son âge. Lorsqu'elle décide, au début du roman, de repartir pour Seattle, où elle est directrice des ventes dans une grande entreprise, elle met Théo au défi de le deviner. Physiquement, c'est une très belle femme, sportive, avec un corps de mannequin : elle a été « meneuse de la revue des majorettes au lycée et entretien[t] régulièrement [s]on corps » (p. 233). Elle le démontre quand, les mains attachées, elle parvient à saisir le pistolet de Théo avec ses pieds, dans la cave de Magnus. Plutôt sexy, elle se soucie peu des convenances si l'on en croit la remarque de Théo qui trouve indécents ses talons et son tailleur au sein d'une église. Elle ne lâche pas son portable et possède un cabriolet jaune qu'elle conduit sans ménagement. Elle est accroc à toutes sortes de drogues et mange bio. Elle est volontiers railleuse, voire sarcastique. Elle ne recule pas devant les insultes ou les gros mots, tranchant ainsi avec la relative distinction des autres personnages. Elle peut, par ailleurs, user de violence, et lancer, par exemple, un pot de confiture à Théo lorsqu'il dénonce son opportunisme. Elle semble indifférente au bien commun et si elle accepte de collaborer avec les trois autres personnages, ce n'est qu'à la seule condition qu'ils lui remettent leur fragment du tableau. Elle entend donc bien tirer son épingle du jeu et repartir chez elle avec un gros pactole. N'a-t-elle pas, quelques années plus tôt, accepté de filmer ses ébats avec Mélanie Anderson, comme Steiner le lui avait demandé ? Une action qui ne lui a pas seulement rapporté de l'argent, elle lui a permis de ne plus être sur la liste noire où l'avait reléguée son militantisme, du temps où elle était coordinatrice des activités des filiales de MicroGlobal en Amérique centrale. Elle avait alors dénoncé les conditions indignes auxquelles les travailleuses étaient soumises lorsqu'elles tombaient enceintes. Mais on ne l'y reprendra plus. L'idéalisme d'antan a fait place à un individualisme pleinement assumé. Tout comme elle assume le luxe de l'appartement new-yorkais dans lequel elle reçoit ses trois acolytes. Aux malfrats venus récupérer le tableau de la Joconde en Irlande, elle crie : « Vous êtes vraiment des sans-couilles ! » (p. 229). Et c'est elle encore qui les abat. C'est donc une femme d'action qui n'a pas froid aux yeux. Si elle exaspère Magnus et Théo au départ, elle gagne peu à peu leur affection. Elle affiche parfois des idées ultralibérales.

VITTORIO CAROSA

Vittorio est un prêtre d'une petite trentaine d'années. Théo est gêné de donner du « mon père » à un homme qui fait si jeune. Il a une « barbe de trois jours parfaitement entretenue » (p. 75) et porte sous sa soutane un jean Calvin Klein et un polo Ralph Lauren. Plus loin dans l'histoire, il accourt en caleçon et teeshirt Armani. Ces quelques détails suffisent à montrer que Vittorio n'est pas tout à fait un prêtre ordinaire. Il s'adonne à la peinture, comme en témoignent les tableaux abstraits accrochés sur ses murs. Lorsque Théo fouille sa chambre

– dans laquelle Vittorio lui a permis de dormir –, il trouve une Breitling en argent et des photos de lui fort compromettantes en compagnie de jeunes femmes. Il semble d'ailleurs qu'il ait un faible pour Barbara. Il faut dire que Vittorio, au moment où débute cette histoire, est habité par le doute. Dieu existe-t-il vraiment ? Théo ne comprend pas son attachement à l'Église. Vittorio a cédé sous la pression de Steiner qui exigeait de lui des enregistrements de ses conversations avec Mélanie Anderson. En revanche, des photos, chez lui, montrent qu'il a pris part à des missions humanitaires. À sa manière, il a donc lutté contre les méfaits de l'individualisme, comme le souligne Magnus au début du roman. Ajoutons qu'il n'hésite pas à se mouiller : lorsque Magnus et Théo sont poursuivis par les sbires de Steiner dans le laboratoire du Cell Research Therapeutics, c'est lui qui est au volant de la voiture venue les chercher. À l'égard de leurs adversaires, il affiche toujours une modération qui contraste avec la « morale vengeresse et pragmatique de Barbara » (p. 255).

Ce personnage reste cependant moins fouillé que les autres.

MÉLANIE ANDERSON

Sénatrice, puis vice-présidente, et enfin présidente des États-Unis, Mélanie Anderson est la femme qui a orchestré toute cette affaire. Elle entretient avec chacun des protagonistes un lien singulier : avec Théo, elle vit une histoire d'amour platonique qu'elle sacrifiera à ses ambitions personnelles ; avec Magnus, elle a eu quelques relations sexuelles lorsqu'elle était étudiante à Moscou et qu'il était professeur de biologie. Une fille, Celia, est née de cette union. Avec Barbara, elle a des relations intimes, car Mélanie est homosexuelle. Contrairement à Barbara qui n'a cédé aux charmes de la vice-présidente que par opportunisme. Quant à Vittorio, il s'est retrouvé, par hasard, son confesseur.

Est-ce parce que chacun des protagonistes l'a trahie qu'elle a voulu les mêler à son projet de changement de société ? On ne le sait pas très bien. Ses motivations à leur endroit restent assez nébuleuses.

CLÉS DE LECTURE

UN ROMAN À ÉNIGME

Skidamarink appartient au genre du roman à énigme. Son titre lui-même – mot énigmatique, s'il en est – est issu d'une comptine pour enfants et Celia, la fille de Magnus et de Mélanie, baptisera également ainsi sa peluche préférée. Notons que le titre que Guillaume Musso avait envisagé tout d'abord était *Le Puzzle*. Il ne s'agit pas à proprement parler d'un roman policier dans la mesure où il n'y a pas de détective professionnel parmi les protagonistes, même s'il est plusieurs fois fait mention de Scotland Yard, puisque c'est à la police londonienne que sont envoyés les clous du tableau de la *Joconde*.

Reste que la recette est ici la même que pour le roman dit « de déduction ». Dans *Le Polar pour les nuls*, on la trouve formulée ainsi : « une situation de départ alliant un meurtre ou un mystère à résoudre, et une enquête qui aboutit grâce à la capacité de détection du détective (amateur) ; et une situation d'arrivée où le mystère est élucidé et l'assassin démasqué. L'ordre est rétabli, la société peut dormir tranquille » (p. 12).

Voyons maintenant comment Guillaume Musso fait sien ce schéma de départ. Dans *Skidamarink*, il y a, d'entrée de jeu, deux mystères à résoudre. Le premier touche au vol de la *Joconde*. Le second à l'enlèvement de Steiner. Bientôt, les protagonistes vont découvrir qu'il ne s'agit en fait que d'une seule et même affaire.

Or, si elle les intéresse de près, c'est parce que chacun d'eux a reçu un fragment du célèbre tableau accompagné d'une citation énigmatique. Donc, à la question « qui a volé la *Joconde* » s'en ajoute désormais une autre : « pourquoi nous a-t-on mêlés à cette affaire ? ». Cette question-là donne lieu à toutes sortes de raisonnements. Magnus, surtout, qui est le scientifique de la bande, fait l'hypothèse suivante : chacune des quatre citations renvoie à l'un des quatre piliers de la civilisation occidentale, à savoir : le libéralisme économique, l'individualisme, la science et la démocratie. Or, les destinataires de ces citations n'ont pas été choisis au hasard : à Théo l'avocat, la citation sur la démocratie ; à Magnus le généticien, celle sur la science ; à Barbara la femme d'affaires revient le libéralisme ; et enfin à Vittorio le prêtre, la citation sur l'individualisme, car, par son engagement dans les missions humanitaires, il a lutté contre les méfaits de l'individualisme.

Ce sont ces hypothèses, ajoutées à la conviction qu'une seule et même personne se cache derrière le vol de la *Joconde* et l'affaire Steiner, qui vont permettre de compléter peu à peu le puzzle. En effet, l'enlèvement et l'assassinat du richissime patron de MicroGlobal posent les premiers jalons d'une opération dont les quatre protagonistes saisissent assez vite les enjeux : il s'agit, par des actions coup de poing, de s'attaquer aux symboles de la civilisation occidentale. Notons d'ailleurs que le découpage sacrilège de la *Joconde* s'inscrit aussi dans ce dessein, comme le fait remarquer Magnus au début de l'histoire.

Autrement dit, le roman s'articule autour de quatre évènements qui viennent dénoncer les dérives des quatre piliers mentionnés plus haut : la mort de Steiner est clairement une mise en cause de l'ultralibéralisme. Mais elle intervient aussi comme une sanction parce que les protagonistes n'ont pas réussi à résoudre l'énigme que leur avait proposée Mona Lisa (alias Mélanie Anderson). Dans le même esprit, l'empoisonnement des réserves d'eau potable de Real Island, s'il dénonce les dérives de l'individualisme, est aussi un prétexte à un véritable jeu de piste. Au cours de cette deuxième partie, Guillaume Musso, manifestement, s'amuse beaucoup. L'inscription écrite à la craie sur le tableau noir de Magnus, dans sa maison irlandaise, oblige notre quatuor à des recherches, des tâtonnements. Les raisonnements de Magnus se révèlent ici peut-être moins concluants qu'ailleurs dans le roman, la résolution du mystère étant plutôt le résultat d'heureux hasards. C'est parce que Celia apprend à Théo que Skidamarink, sa peluche, se trouve dans le grenier de son père qu'il va pouvoir découvrir le mot suivant : *le poison est dans l'eau.* Une pièce cruciale du puzzle de la deuxième partie.

Il faut souligner par ailleurs que ce séjour en Irlande, pour les quatre protagonistes, est marqué par un élément nouveau. La présence d'un compte à rebours. C'est Barbara qui l'a découvert dans un mail, lorsqu'ils étaient encore en Italie. L'expéditeur y faisait état de sa déception, renvoyant par là à leur incapacité à trouver Steiner avant qu'il ne meure. Voilà donc les personnages lancés dans une course contre la montre. Le sort d'inconnus dépend de leur réussite. Cette urgence, si elle contribue au suspense du récit et au plaisir de lecture, est encore renforcée par l'irruption des sbires de Steiner qui tentent à plusieurs reprises de tuer notre quatuor.

LES QUATRE PILIERS DE LA CIVILISATION OCCIDENTALE

Ces quatre piliers correspondent aux valeurs qui caractérisent notre monde actuel. Abordons-les dans l'ordre où elles apparaissent dans le roman, c'est-à-dire en respectant la numérotation des citations. La première, de Victor Hugo, concerne le libéralisme économique. De quoi s'agit-il au juste ? D'une école de pensée peu favorable à l'intervention de l'État dans les affaires économiques et sociales. Sur le plan pratique, cela signifie, par exemple, que la règlementation du travail, aux yeux des libéraux, doit être laissée aux entreprises et aux patrons. Autrement dit, dans un système comme celui-là, c'est la loi du plus fort, et l'employé risque fort d'être lésé. La citation d'Hugo (« C'est de l'enfer des pauvres qu'est fait le paradis des riches ») noircit néanmoins considérablement le tableau et semble davantage une critique de l'ultralibéralisme qu'incarne tout à fait William Steiner dans le roman. Ce Bill Gates sans scrupules présente de nombreux travers qui forcent peu la sympathie : dans ses usines délocalisées en zone franche, au Nicaragua et au Honduras, les conditions de travail sont épouvantables ; obsédé par les manipulations sur les embryons et par l'amélioration de l'être humain, il ne s'embarrasse pas de questions éthiques, manœuvrant pour obtenir du président Montana un assouplissement de la loi en la matière, car « le marché [des thérapies géniques] est énorme » (p. 290) ; il est prêt à toutes les bassesses pour arriver à ses fins. C'est lui qui demande à Barbara de filmer ses ébats avec Mélanie Anderson afin d'avoir de quoi faire chanter la vice-présidente. Lui encore qui contraint Vittorio à enregistrer ses conversations avec Mélanie.

Barbara, même si son personnage évolue quelque peu au fil du temps, incarne elle aussi le libéralisme économique, quoiqu'à un degré bien moindre. C'est d'ailleurs à elle que la citation d'Hugo a été adressée. Car la *golden girl* au portable, comme dit Magnus, ne songe « qu'à [sa] position sociale et à [son] épargne retraite » (p. 48).

Cette attitude, d'ailleurs, pourrait s'appliquer aussi au deuxième pilier, à savoir l'individualisme que Magnus lui-même présente comme un « corolaire » du libéralisme. Voici ce qu'il en dit : « en sacralisant la performance individuelle et en prônant l'égoïsme et le cynisme, [l'individualisme a] entrainé un désintérêt pour l'humanité dans son ensemble et miné les anciennes solidarités » (p. 42). C'est Vittorio qui a reçu la citation associée à ce système de valeurs. La voici : « Nul homme n'est une île complète en soi-même ; tout homme est une part de continent, une part du tout. La mort de tout homme me diminue parce que je suis solidaire du genre humain. Ainsi donc, n'envoie jamais demander : pour qui sonne le glas ; il sonne pour toi » (John Donne, *Devotions upon emergent occasions*, 1623). Cependant, contrairement à Barbara, c'est sans doute parce qu'il a œuvré contre l'individualisme – sa participation à de nombreuses missions humanitaires en fait foi – qu'il s'est vu attribuer cette citation.

Dans *Skidamarink*, l'exemple le plus criant d'individualisme outrancier, c'est Real Island, cette ville privée américaine hypersécurisée et peuplée de gens très riches, pouvant justifier de « revenus supérieurs à 200 000 dollars par an » (p. 248), d'un casier judiciaire vierge et « fuy[ant] la proximité des pauvres » (p. 248). On notera, au passage, que Barbara ne voit pas du tout en quoi les aspirations des habitants de Real Island relèvent de ce que Théo qualifie de « perversion de l'individualisme » (p. 249). Elle ne se rend pas compte, comme Magnus le lui explique, que ce type de communautés augmente l'écart entre riches et pauvres.

Vient ensuite le tour de la science. Sans surprise, c'est Magnus qui hérite de la citation – de Rabelais – sur le sujet : « Science sans conscience n'est que ruine de l'âme ». Elle conviendrait mieux à Steiner qu'au professeur du MIT. Certes, Magnus travaille régulièrement dans le laboratoire de Cell Research Therapeutics qui appartient au patron de MicroGlobal. Mais il se défend d'avoir eu des intentions malveillantes, en faisant valoir que ses « travaux constituent le couronnement de toute ma vie de scientifique » (p. 359). Par ailleurs, sa position privilégiée lui permettait d'obtenir des informations de première main sur les dérives éventuelles de l'amélioration génétique.

Or, dans le laboratoire de Steiner, on trouve maints exemples de dangers liés aux manipulations génétiques. Théo en est témoin quand, en compagnie de Magnus, il vient interrompre *in extrémis* le sabotage de Mona Lisa au Cell Research Therapeutics. Entre les clones de pandas, les enfants de synthèse, dépourvus de cerveau, et le distributeur de cartes génétiques capable de « diagnostique[r] des centaines de maladies génétiques potentielles » (p. 293), c'est un petit théâtre de l'horreur digne du *Meilleur des mondes* d'Huxley.

Quant au dernier pilier, la démocratie, c'est à Théo qu'est adressée la citation de Tocqueville : « La misère morale et politique d'un gouvernant le rend de fait illégitime », car lorsqu'il était avocat, il a lutté contre la corruption politique, autrement dit il incarne « la défense de la démocratie » (p. 43). D'ailleurs, c'est bien parce qu'elle estime la démocratie en danger que Mélanie Anderson orchestre toutes ces actions à portée symbolique. Elle rêve de changer les choses. Son souci du prochain et du devenir de la planète est au cœur de ses propos quand Théo vient la retrouver en Islande. Et ce ne sont pas là que de belles paroles puisque, une fois présidente, elle restera fidèle à sa ligne de conduite.

Il n'y a qu'en ce qui concerne la dernière action coup de poing, la mise en scène de son propre enlèvement, et ses projets de suicide, qu'on a un peu de mal à en comprendre les motivations. Mélanie se laisse d'ailleurs rapidement convaincre par Théo de reprendre ses fonctions de vice-présidente. Croyait-elle, par sa mort, montrer à quel point la démocratie était gangrénée ? Cette démarche ne manque pas de laisser perplexe.

« LA COMPLEXITÉ DE L'ÂME HUMAINE »

Guillaume Musso souhaitait, comme il l'explique dans la préface à la nouvelle édition, que *Skidamarink* divertisse le lecteur – qu'il provoque ce qu'il appelle la « frénésie de tourner les pages » – et donne aussi à réfléchir – « j'aime que mes romans soient sous-tendus [...] par un propos ».

Or, quel est ce propos ? « Les dérives d'[...] une mondialisation heureuse », comme on l'a vu. Pourtant, et l'auteur le souligne, un roman n'est pas un essai. Et d'ajouter : « La véritable aventure a toujours été pour moi le voyage intérieur ».

Intéressons-nous donc maintenant à cette dimension-là du roman, car il y est aussi question d'amour et de personnages tourmentés.

Théo, par exemple, garde de son enfance pauvre et de sa déconvenue avec Mélanie un certain esprit revanchard qui n'est pas sans conséquence sur sa relation avec Barbara. Au début, les sarcasmes fusent de part et d'autre. L'adversité va peu à peu les rapprocher, et à la fin, la jeune femme refusera de monter à bord de l'hélicoptère présidentiel pour rejoindre Théo sur la plage. Théo qui, lorsque s'ouvre le roman, n'a pas encore tiré un trait sur sa relation avec Mélanie. Peut-être est-ce dû au fait que leur amour ne fut que platonique ? Toujours est-il que lorsqu'il apprend que Mélanie est en réalité homosexuelle, il est clairement chamboulé. Surtout qu'à cette nouvelle s'ajoute celle de sa liaison, lorsqu'elle était étudiante, avec Magnus. Ce sera là entre les deux hommes l'occasion d'un différend qu'ils règleront à coup de poing.

On ne sait pas grand-chose du passé amoureux de Barbara, si ce n'est qu'elle a eu une liaison avec Mélanie. Liaison minable d'ailleurs puisqu'elle servait surtout ses ambitions. En revanche, ses nombreuses addictions laissent deviner une fragilité sous le vernis de la *Golden Girl*. L'idéaliste d'antan, qui s'insurgeait contre les conditions de travail des travailleuses, a manifestement connu une traversée du désert après avoir été mise sur liste noire. Ou bien est-ce la culpabilité d'avoir trahi Mélanie qui la ronge encore ? L'énigme, en la matière, ne sera guère élucidée.

PISTES DE RÉFLEXION

QUELQUES QUESTIONS POUR APPROFONDIR SA RÉFLEXION...

- Peut-on dire de *Skidamarink* qu'il s'agit d'un roman engagé ? Pourquoi ?

- Quel regard les personnages de ce roman portent-ils sur la politique ? Et l'auteur ?

- En quoi *Skidamarink* s'éloigne-t-il du roman policier traditionnel ?

- On a beaucoup parlé des ressemblances entre le *Da Vinci Code* et *Skidamarink*. En quoi ces deux romans se ressemblent-ils ? Guillaume Musso, quant à lui, affirme que Skidamarink est « davantage centré sur l'intimité, les secrets et les fêlures des personnages que sur un complot planétaire ». Pouvez-vous donner des exemples tirés de ce roman ?

- Théo McCoyle, dans le roman, ne voit pas en quoi les manipulations génétiques, quand elles visent l'amélioration de l'être humain, sont critiquables. Qu'en pensez-vous ? Songez à d'autres romans où il est question de manipulations génétiques (par exemple : *Le Meilleur des mondes* d'Huxley, etc.), ou encore à des films (*Bienvenue à Gattaca* d'Andrew Niccol, etc.).

- Guillaume Musso, dans sa préface, précise qu'il aime bien que ses romans servent un « propos ». Il ajoute qu'un roman n'est pas un essai pour autant. Qu'est-ce qui, selon vous, différencie ces deux genres littéraires ?

- On nous dit que rien ne prédisposait Maumy à devenir tueur en série. Pensez-vous qu'il existe un gène du crime ? Quelles implications cette théorie est-elle susceptible d'entrainer, selon vous ?

- Comparez le personnage de Théo avec celui de Nathan dans *Et après...* Quelles observations peut-on faire ?

POUR ALLER PLUS LOIN

ÉDITION DE RÉFÉRENCE

- Musso G., *Skidamarink*, Paris, Calmann-Lévy, 2020.

ÉTUDES DE RÉFÉRENCE

- Auber M.-C. et Beunat N., *Le Polar pour les nuls*, Paris, Éditions First, 2018.

SOURCES COMPLÉMENTAIRES

- Wikipédia, *Le Libéralisme économique*, 06/10/2021 (dernière révision), consulté le 30/10/2021. URL : https://fr.wikipedia.org/w/index.php?title=Lib%C3%A9ralisme _ %C3%A9conomique&oldid=186936640

- Wikipédia, *Ultralibéralisme*, 15/10/2021 (dernière révision), consulté le 30/10/2021. URL : https://fr.wikipedia.org/w/index.php?title=Ultralib%C3%A9ralisme&oldid=187167018

Votre avis nous intéresse !
Laissez un commentaire sur le site de votre librairie en ligne
et partagez vos coups de cœur sur les réseaux sociaux !

ISBN version numérique : 9782808024075
ISBN version papier : 9782808024082
Dépôt légal : D/2021/12603/43

Conception numérique : Primento,
le partenaire numérique des éditeurs.